日日 ㄖˋ ㄖˋ

天天。形容時時刻刻、隨時。

如:「日日夜夜」、「日日是好日」。

奇想 ㄑㄧˊ ㄒㄧㄤˇ

沒有明確的證據,自己天馬行空的想像,產生奇異或與眾不同的想法。

如:「突發奇想」、「很多有趣的發明,都來自天外飛來一筆的奇想。」

吉竹伸介的腦力激盪小劇場

奇  想

文・圖 吉竹伸介　譯 林佩瑾

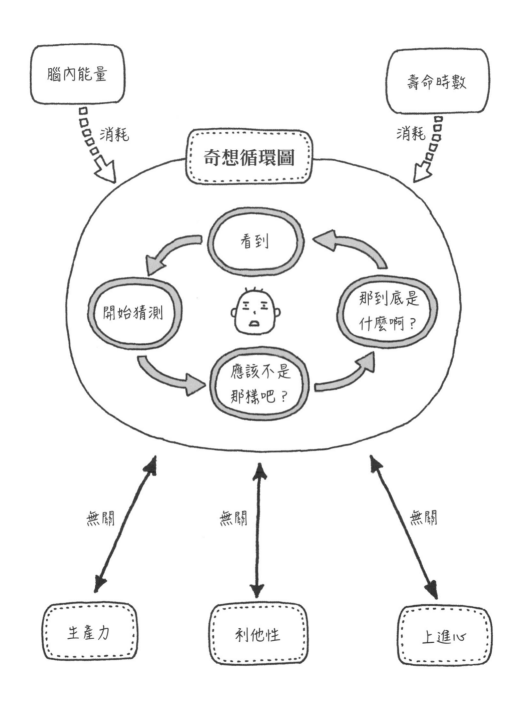

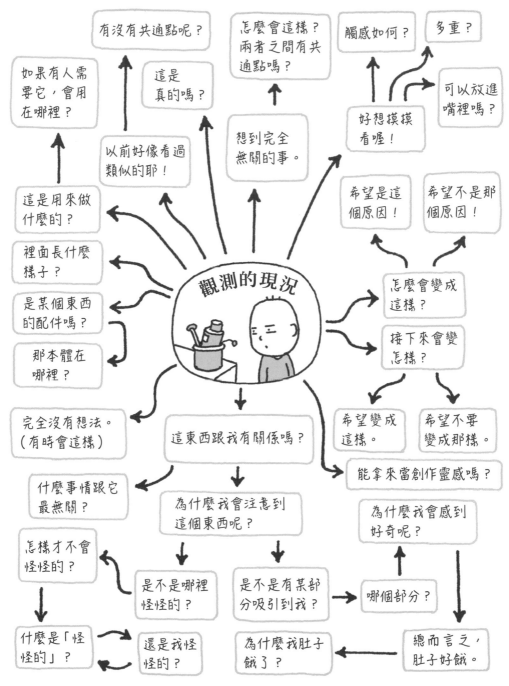

序言

大人常說「不要胡思亂想」，
我覺得這句話滿有道理的，
但是……

在這個世界上，其實大家都
很愛「想東想西」，只是沒
說出口而已。

其實我自己也是，
常常胡思亂想。

這本書集結了我每日的奇想，
以及其他的小創作。

說得好聽一點，
就是內容十分
多采多姿。

在日常生活中，如果你因為
天馬行空的想法而受到指責
的話……

希望這本書能鼓勵你、帶給
你勇氣，讓你知道「原來不
是只有我這樣啊」、「原來我
滿有創意的」，這就是我最
大的榮幸。

兜風

我看到有人把盆栽
放在副駕駛座。

我不禁猜想，
他會不會帶著盆栽一起去
最愛的景點看夕陽呢？

在那個地方

有人站在遠方的
屋頂上。

說不定是店員對他說：
「稍後為您送上剛炸好的薯條，
請在屋頂等候一下。」

大型機具

工地挖土機的機械手臂前端，
裝了一個「鑽水泥的東西」。

那個東西，應該有其他造型吧？

說不定有「撫摸巨大動物的大手」！

演技派

感冒藥的廣告海報上，
那個人真的好會演
「喉嚨痛的表情」。

她應該是「演各種疾病症狀」的
專業演員吧？

請演出「從兩天前的
傍晚開始，喉嚨就怪
怪的，今天早上有點
發燒、身體疲倦，手
肘也很痛」的樣子。

了解。

請問是流感嗎？
是A型？還是B型？

沉默的原因

動物總是沉默不語。

牠們是因為「什麼都沒想，所以什麼都不說」嗎？

......

還是因為「看透一切也包容一切，所以刻意不說」呢？

我被牠看穿了嗎？

這個？

還有那個？

兩種說法都說得通，所以我總覺得動物有點可怕……

身外之物

動物的厲害之處，就是
不需要任何身外之物。

我從沒看過動物背著
背包或是側背包。

不需動手　　　　　需要袋子

這麼一想，演化最高階的
生物，其實是袋鼠？

不需動手　　　　　天生自備袋子

最近給顧客自己加油的
「自助加油站」越來越
多了。

還是不要全部改成
自助式比較好啦！

三丁目
腦外科診所

自助式

那是什麼？

前幾天在某家店上廁所時，我不太確定哪一顆按鈕才是沖水鈕。

幸好沒有按到「打開廁所門」的鈕。

專業

搭飛機時，廣播說：
「空服員將準備進行
降落。」

我想，應該是準備輪子吧？

搗蛋

小孩會追著鴿子玩。

我覺得一定也有神明跟小孩一樣，喜歡追著人類玩。

盯著不放

現在每一～～個人，都一～～直盯著手機不放。

應該很快就會有廠商推出「墓碑專用手機架」。

在一個破舊的民宅，院子有個破舊的東西，它的形狀
與尺寸，一眼就能看出來是「狗屋」。

如果形狀跟尺寸很特別的話，就看不出來
是什麼屋了。

人生啊

有一個走路搖搖晃晃的老阿公，一聽到救護車的聲音，就想過去湊熱鬧。

喔——咿——
喔——咿——
喔！

我其實有點欣慰，原來人不管到了幾歲，都還是會被好奇心驅動呀！

期望

前陣子，我在公園裡看到很多寫著
「小心蝮蛇」的立牌。

喔？

走著走著，我開始期待看
到蝮蛇，心想如果真的有
出現，我下次還要來。

結果根本
沒有蛇嘛！

東京蝮蛇樂園

建議把蝮蛇集中在
公園最後一區，就
能收門票了。

長人

前幾天，我看到一個
眉毛很長的阿公。

他應該是「眉毛飛天一族」的末代傳人吧！

因為喜歡

書店裡有一大堆主打「把『喜歡的事情』變成正職!」的書。

這些作者的正職是「殺手」的話,就糟糕了……

公定價

滴

哎呀！
點歪了。

每次我點右眼的
眼藥水都會失敗。

我一定是被誰詛咒了。

如果是詛咒別人「一輩子點
眼藥水都點歪」，我猜大概
2000元就搞定了。

天選之人

有時候在路上看到一些奇妙的髮型，我都很納悶「這是參考什麼東西（誰）剪出來的？」要怎麼跟設計師解釋，才能剪出這種髮型？

我相信一定有某種特殊髮型型錄，只寄給特定的「天選之人」。

12B……

請幫我剪「F－12B」的髮型。

有些髮型是專門為了大日子而設計的，一看到髮型，就代表「我已經準備好了。」

……沒問題。

貌合神離

我一直覺得餐廳的咖哩壺，長得很像童話中的神燈。

說不定在原版故事中，許願的內容不太一樣……

說吧！
你想吃什麼咖哩？

咦？

願望只能
選咖哩？

祈求

市面上有很多「祈求小孩平安長大」的禮品。

鏘鏘！

以後，應該也有很多「祈求父母安享天年」的禮品吧！

請笑納！

一人一支

前幾天，看到一群外國觀光客，不知道為什麼，
每個人都拿著一支長長的木棍。

說不定是讀了奇怪的旅遊書，認為「日本有很多
鱷魚，必須帶木棍防身。」

撲克牌聚會

我在咖啡廳看到一個人，髮型呈現
完美的愛心形狀。

他應該是在等黑桃人、方塊人和梅花人吧？

無知
就是可愛

嬰兒與過「七五三」[※]的小孩，都呈現一副「我在哪裡？我是誰？我在做什麼？」的樣子，但是大人看了卻覺得「好可愛喔！」

說不定宇宙某處的外星人，也是這樣看待地球人呢！

※ 七五三是日本傳統節日，小孩到了三歲（男女孩）、五歲（男孩）、七歲（女孩），
　 在每年的 11 月 15 日這天，會盛裝打扮到神社參拜，祈求健康長大。

方言

前陣子去醫院量血壓時，血壓計「講話」的口音有點特別。

我猜應該是鄉下工廠製造的機種。

35

一眼瞬間

車子或船隻，都能藉由「觀察」
來辨別輕重（有沒有載貨？）。

但是該如何從外表分辨，哪個人腦袋空空呢？

貓狗受傷時會戴上「伊麗莎白頭套」，
以避免牠們舔舐傷口。

若人類也有一款戴上去就「停止白費力氣」的頭套，
那該有多好呀！

可喜可賀

小孩長牙、掉牙，都是值得慶祝的成長證明。

我覺得同樣的道理，應該也要適用在大人身上。

我很不擅長做決定，所以每次都會問
「一般人都選什麼？」

您覺得這個
方案如何？

請問大家通常
選哪一個？

如果有一天，我因為「放棄自己選」的罪而下地獄，
我大概還是改不掉吧！

自己選一層
地獄吧！

其他亡魂都
選什麼？

先點這個

據說「第一次去壽司店要先點○○，看○○就能知道那家店大致上的功力」。

我先點個窩斑鰶好了。

好的。

果然點了⋯⋯

我想每個領域應該都有「最能測試實力的考題」，真好奇「插畫家」這行的考題是什麼？

能不能請您先畫張自由女神像？

好的。

她在測試我嗎？

寬度很重要

我在上廁所時，突然好奇：「全世界的衛生紙寬度都一致嗎？」「最先決定規格的人到底是誰？」

要是某天早上醒來，發現身在「衛生紙寬度只剩一半」的平行時空，那可就糟了！

資源回收

路上的垃圾桶都有分類。

如果能細分更多種類，一定很有意思。

表情

前幾天遇到大塞車，隔壁車道的
駕駛看起來也很厭世。

如果有人出《塞車駕駛寫真集》，
我一定買！

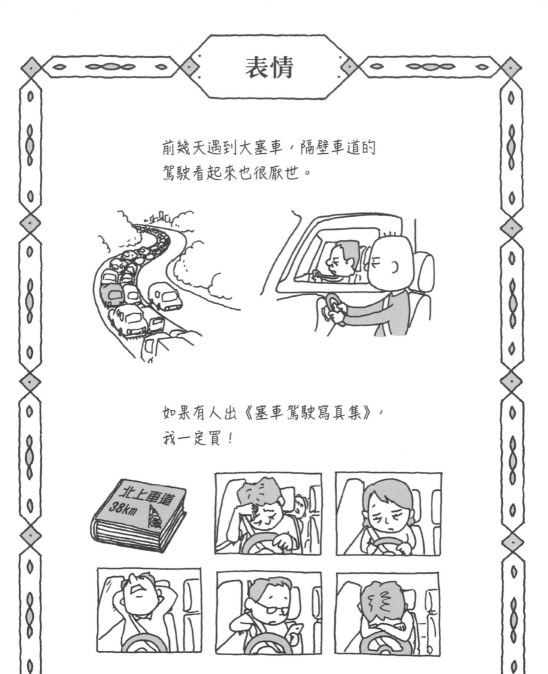

崇高的職業

小孩子都很喜歡爬「好爬的樹」。

如果有專門栽種「好爬的樹」的園丁，那該有多好呀！

危機管理

怕老婆的人叫做「妻管嚴」。

可是，真正怕老婆的人，應該不敢對外自稱
「妻管嚴」吧……

欸，聽說你在外面
到處亂說我的壞話？

因為他們害怕落到
這種下場。

附帶一提，我絕不是
「妻管嚴」唷！

45

角色

前幾天，我兒子看到靈車時說：

「這臺車好可愛！」

一語驚醒夢中人，靈車應該
多增加幾種款式才對。

科技款

軟綿綿款

速度款

強悍款

簡單款

豪華款

46

證據

多虧有化石，我們才能知道古時候有恐龍的存在。

恐龍滅絕之後，說不定有某種「跟水母一樣柔軟的智慧生物」曾經稱霸地球……

只是因為太柔軟沒骨頭，沒有留下化石，所以無法證明它的存在。

魔法藥膏

前幾天，我在一家很時尚的雜貨鋪，看到一款
有點高級的金屬軟管，上面畫了一隻手。

我以為那是「塗抹後會長出手的軟膏」。

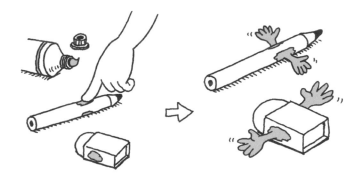

結果仔細一看，
原來是護手霜啊！

喔～

自由的真諦

很多人由於工作或其他原因，導致無法自由選擇睡眠時間。

即使如此，他們還是能自由決定枕頭的擺放位置。

這樣一想，對人類來說，「自由的真諦」就是枕頭啊！

紳士的認證

市面上有很多產品套上「紳士」兩個字，例如「紳士用汗衫」、「紳士用襪子」。

可是我卻從來沒看過紳士。

嗯？
他是紳士嗎？

啊，這是「紳士」用的，不太適合您……

「大叔用汗衫」在地下二樓唷！

賣剩的

在超市快打烊的時候，架上最後那三顆未售出的馬鈴薯，長得實在太特別了。

如果有人開一家「未售出產品大集合」的博物館，我一定捧場。

哇～～～
跟我想的差不多～～

起源

我在路上看到一個邊走邊捏空寶特瓶的大叔，
（他大概自己也沒察覺）捏得真有節奏感。

人類發明音樂的那一瞬間，
大概也是這個樣子吧！

截長補短

人類這種生物，總是想要得到自己沒有的東西。

我比較想要
那個。

因此，在生命力
最充沛的時期，
崇尚「死亡」。

生命力衰退時，便開始
崇尚「青春」。

夢中相見

早上，我的二兒子懊惱的說：「我夢到一隻很大的鍬形蟲，正要抓牠的時候卻醒了。以前我也曾經夢到牠，那種角的形狀我從來沒見過！」

說不定牠是只棲息在夢中的新品種鍬形蟲呢！

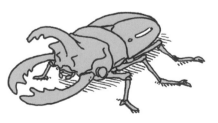

【夢中鍬形蟲】 體長：15公分
棲息地：夢中（多半出現在男孩的夢境）

微嘆氣

前幾天我去出差，正要
把牙膏擠在飯店提供的
牙刷上時……

牙刷剛好轉向了，
就變成這樣。

……

既是無心的「意外」，也沒有
真的造成「困擾」，這種事好
像不多。一時之間，我還真
想不到其他例子。

雖然好像沒差，但怪討厭的。

不需要的
部分

機場有一塊挖掉機長
臉部的拍照用立牌。

拍張照吧！

用照片放大列印
製作而成。

被挖下來的那塊臉部，
一定是送給機長本人當
紀念品了。

機長本人應該也不可能
丟掉自己的臉，只能默
默的收進抽屜。

沒想到，在這個世界上，
有一張用來收納「臉」的
桌子耶……

人性

在這個世界上，每天
都有人發怒、有人被
罵，有人掩蓋真相、
有人東窗事發。

活到40幾歲，我現在非常了解
雙方的心情，也明白今後依然
會發生類似的瑣事。

我覺得如果能辦個「靈魂交換」比賽，再頒獎給
每位當事人，應該會很有趣。

自己舉手

店員問隔壁桌的團體客：「請問點○○的是哪位？」有個人微微舉起手……

那模樣實在太可愛了。如果有出版《微微舉手的各國人》寫真集，我一定買。

故障

商務旅館的電視遙控器，
內部有某個零件脫落了，
導致使用體驗極差。

說到這個，那原本就會發出聲響的沙鈴，如果裡頭
有什麼故障，大概也沒人會發現吧？

正常　　　　　　故障中

在找什麼？

如果在咖啡廳看到其他客人左右張望，就知道他是在找廁所。

餐飲店＋左右張望＝找廁所

耶穌基督在最後的晚餐中，應該也曾經中途離席左右張望吧？

啊，走到底右轉就是了！

縱向與橫向

我在餐廳點蛋包飯，新來的店員將餐點送上桌，是這樣擺放的。

久等了。

我下意識翻開菜單，確認一下自己點的是橫向蛋包飯，而不是縱向蛋包飯後，還是默默的開動了。

味道跟橫向蛋包飯一模一樣。

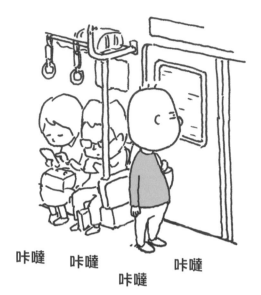

咔噠　咔噠　咔噠
咔噠

吸～

轟～

......

好可愛喔⋯⋯好像機器人⋯⋯

啊，對了⋯⋯

我還得畫一篇與「繪本」
有關的短篇故事⋯⋯

該畫什麼好呢⋯⋯

嗯～～

繪本……

機器人……

繪本……

　說故事……

美天能……

　ᶜ……

　機器人……

……

寫寫……

畫畫……

說故事機器人
美天能-C

medeta-C

「美天能-C」是專門負責
說故事的機器人。

他的職責，就是代替
忙碌的父母念繪本給
小孩聽。

小孩們都很喜歡美天能-C。

他每天忙著到處
趕場說故事。

幾年後，這一區
都沒有小孩了。

從前的小孩已經變成大人，
搬到大城市去。

沒有人要聽他
說故事了⋯⋯

「已經沒有人需要我了嗎……」

美天能-C到處尋找小孩的身影，找著找著，來到了世界的盡頭。

沒想到，美天能-C遇見
另一個跟自己相同型號
的機器人。

他們開開心心的暢談
最喜歡的故事。

知道有其他機器人跟自己
做著相同的事，那是多麼
值得開心的事呀！

「繪本才不是小孩的專利。」
「我們一起去尋找喜歡繪本的人吧！」

從此以後，美天能-C組成了雙人團體。

C & C

完

咔噠　　咔噠　　咔噠　　　咔噠

啊……對了……

這個月要把「一頁就能畫完的
故事分五頁畫完」，編輯說畫
什麼都可以……

畫什麼都可以啊……

嗯……
五頁……
五頁……
五……
貝……
五……

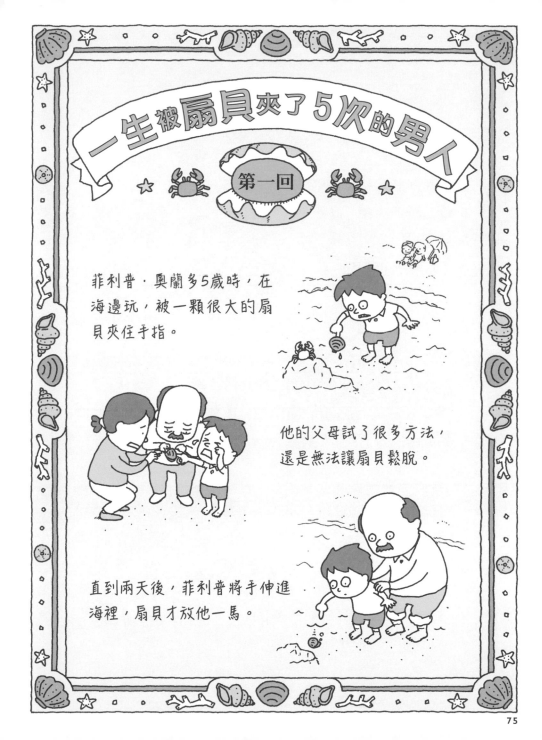

一生被扇貝夾了5次的男人

第一回

菲利普·奧蘭多5歲時，在海邊玩，被一顆很大的扇貝夾住手指。

他的父母試了很多方法，還是無法讓扇貝鬆脫。

直到兩天後，菲利普將手伸進海裡，扇貝才放他一馬。

菲利普·奧蘭多12歲時,
在鎮上的市場裡,盯著魚
店老闆的獨生女發楞,結
果手又被大扇貝夾住了。

消防隊員試了各種方法,
扇貝還是一動也不動。

親戚安娜阿姨在扇貝的
縫隙裡,滴了幾滴醋,
扇貝就立刻鬆開了。

這時,離被夾住的那一天起,
已經過了一個禮拜。

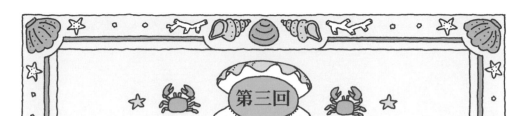

第三回

菲利普·奧蘭多26歲時，想去海裡找一顆大珍珠送給未婚妻，結果又被大扇貝夾住手臂。

這顆扇貝夾住他的手臂長達三個月。

夏至那一晚，不知為何，扇貝突然打開了。

然而，他的未婚妻在這三個月之間，早就跟鄰村的男子私奔了……而且扇貝裡沒有發現珍珠。

菲利普·奧蘭多43歲時，腳被
古董店門口的大型扇貝裝飾品
夾住了（扇貝已經死了，所以
其實只有貝殼）。

此時，周遭的人早已
見怪不怪，沒有人將
這件事放在心上。

扇貝就這樣夾住菲利普的腳
長達五年。後來，菲利普去
巴西旅遊，走到一座當地人
稱為「故鄉之沼」的小沼澤
邊，扇貝頓時鬆開菲利普的
腳、遁入沼澤中，彷彿忍耐
好久，就是在等這一刻。

第五回

菲利普‧奧蘭多67歲時，將手伸進郵筒拿信，不知道又被從哪裡來的扇貝夾住手了。

菲利普早已習以為常，心想「這顆扇貝大概有什麼苦衷吧」，於是就這麼讓扇貝夾住手，與扇貝生活二十年。

菲利普87歲時，在某個下午打了個大噴嚏，扇貝突然自己脫落，掉到地上。

隔天，菲利普‧奧蘭多便安詳的蒙主寵召了。

完

這個月……
要幫雜誌畫封面圖，
主題是「爸爸」……

爸爸……

畫成「由爸爸當主
角的電影海報」……
如何？

這個月……
要幫雜誌畫封面圖，
主題是「小孩」……

該畫什麼呢……

啊，對了！
來畫上次在主題樂園
看到的「實現所有欲
望的女孩」好了。

呼……

差不多該整理了……
亂七八糟的……

啊——
這是我以前畫的！
好懷念喔……

以前編輯要我畫一篇以「信件」
為主題的短篇……

信件

我在整理房間時，

發現一封信，是「小時候的我寫給未來的我」。

小時候的我絞盡腦汁，
用盡了當時所有的知識量，
努力為將來的自己未雨綢繆。

小時候擔心的事情一半成真了，
一半沒有成真。

我回信給小時候的自己。

可是，該如何將信寄出去呢？

我憑著直覺，將信裝在瓶子裡，
打算埋在院子裡的大樹下。

不料，樹下卻埋著另一個瓶子。

我打開瓶子一看，
發現一封信，是「年邁的我寫給現在的我」。

我應該讀這封信嗎？

左思右想，我決定還是不要讀。

「你特地寫信給我，但是我沒有勇氣讀，對不起。」
我寫信向年邁的自己道歉，將信裝進瓶子裡。

並且埋在大樹下。

－完－

哇～～原來我畫過這樣的東西，
但這個主題有點不妥……

還是偷偷藏起來
好了……

意外現場

我在大型垃圾回收場
看到一個吊燈。

我心想:「好像墜毀
的飛碟。」

從那一刻起,回收場的
每個東西,在我眼中都
變成了墜毀的飛碟。

收尾的方法

使用捲筒衛生紙時，
可以清楚看到衛生紙
逐漸減少。

但是抽取式衛生紙，
總是突然間就沒了。

只剩下一點點⋯⋯

哎呀！用完啦？

同樣的道理，也能套用在愛情與人生。你的是
「逐漸走到盡頭」還是「突然就結束」呢？

我的愛情一直都是
抽取式衛生紙⋯⋯

通風

我看到有一戶人家
這樣晾衣服。

看起來好可愛……

這麼做應該是為了讓衣服「快速晾乾」吧！
我應該跟這戶人家很合得來。

請問……能不能幫我
晾一下這件帽T呢？

真可愛～～♡

100

隨時紀念

到了觀光地，不管做什麼、買什麼，
都很適合「紀念」。

要不要做個
紀念呢？

任何小事都可以「紀念」，生活就多了很多樂趣。

要不要試吃一下，
紀念你今天
還活著？

無聊的時光

前陣子我去參加「駕照換證講習」（換駕照時必須上的課程）。

每個人臉上都寫著「我好想早點回家」。整間會場充滿了「義務感」，大家看起來都無聊到了極點。

好想出去啊……

簡直就像一場「精神三溫暖」。

陽臺見人心

很多獨立套房的陽臺
都亂七八糟。

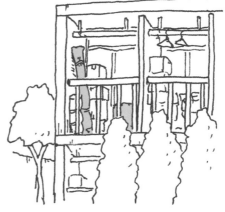

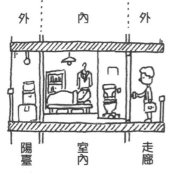

從外面就可以清楚看到，
住戶把什麼東西留下來、
對什麼東西膩了、什麼東
西被暫時擱置了。

說不定會有企業的人事
主管，偷偷來觀察每個
員工的陽臺呢！

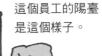

這個員工的陽臺
是這個樣子。

吃虧的位子

前幾天我去拉麵店，店裡只剩下一個有點狹窄的吧檯座位，總覺得有點吃虧。

坐在這個位子的人，店家應該招待他小份煎餃之類的小菜才對。

失望的果實

我家附近有一棵檸檬樹，
每年都會長出許多檸檬。

至於橘子樹，則是被
大家嫌棄：「這種樹
長出來的果子，一定
不好吃啦！」

如果要我選，我寧願當
一顆檸檬，因為不會被
眾人要求「一定要甜」，
感覺比較輕鬆。

大家對我很失望，
說我太酸了。

某種力量

我看到公園裡有一位爸爸
在幫小孩推鞦韆。

我突然想到：該不會我們
大人，也坐在某種看不見
的鞦韆上？

那麼，究竟是誰在背後推我呢？

夢的痕跡

最近我的娛樂之一，就是去「大型二手用品店」。

我把這裡當成「半途而廢美術館」，觀賞各式各樣「能助人實現夢想，卻被放棄的東西」。

其中，我最推薦的就是樂器區。

唉……你的主人當初最崇拜哪位音樂家呢？

那個主人，現在又在做什麼呢……

我覺得貓咪不管在地球上的哪個地方，在人類社會中都獲得了無限大的「愛與包容」。

外星球是不是也有類似「地球貓咪」的生物呢？
如果有的話，會是什麼模樣？

我的禿頭越來越嚴重,所以前幾天買了有點貴的「髮根護理洗髮精」。

我一邊用那瓶洗髮精洗頭,一邊想著:「我明明只有一點點頭髮,卻用什麼高級洗髮精,是不是很浪費錢?」

「我到底該怎麼辦呢⋯⋯」我在浴缸裡突然不知所措。

看不到
比較好

現在每個人都戴著口罩。

有一些人「戴著口罩比較好看」，也有一些人會
「愛上對方戴口罩的樣子」吧？

110

辦手機、辦門號或辦各種服務時，店家很愛用的一招就是：「前三個月可以免費試用喔！」

人類在出生之前，神明是不是也對我們說：「18歲前不需要伙食住宿費※喔！」推銷我們投胎到這個世界？

(※此方案為「在老家住到高三」)

向前跑

某間大樓的二樓是健身房，朝著外面的方向有一整排跑步機。

如果有人拔掉插頭，跑步機上的人會不會衝到外面呢？

提供方式

原本的蓮蓬頭壞了，
所以我買了能切換噴
灑方式的新蓮蓬頭。

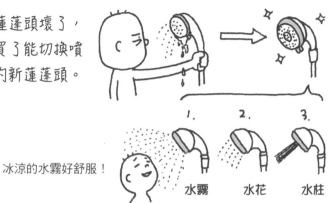

冰涼的水霧好舒服！

水霧　水花　水柱

同樣是水（東西），提供的方式不同，帶給人的感受
也會截然不同。

嘩啦！　　沙～

我想成為「能切
換噴灑模式的水
龍頭」。

差點就選到水柱了……
水霧才對啦……

我看到一家「紙杯
公司」。

哇——
好大喔！

尾牙用

該不會這家公司每年的尾牙表演，
都要求新員工表演「紙杯舞」？

但是說不定有「權勢性
騷擾」的疑慮，因此幾
年前開始就終止了這項
活動……有可能嗎？

可能性

我在路邊看到「一團揉起來的蕾絲花邊布」。

嗯？

這是什麼？
難道說……

· · ·

仔細一看，是手帕。

千萬不能相信第一眼的印象。

啊，太好了！
我還以為是內褲呢！

早已熟悉的日常景象，說不定仔細一看，
其實是完全不一樣的東西！

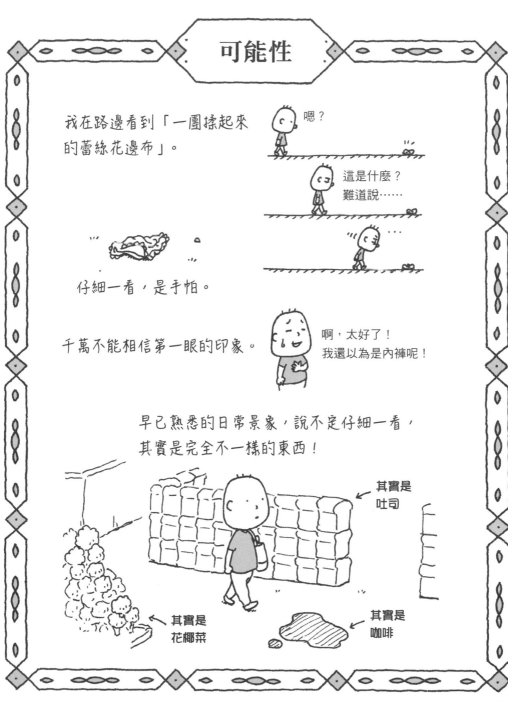

其實是
吐司

其實是
花椰菜

其實是
咖啡

報仇

1. 我在露營區買了一綑木柴，
   生起營火。

2. 我兒子說想帶一根
   回家做紀念。

3. 那根木柴現在在家裡，每次
   我看著那根僅剩下來的木
   柴，就覺得怕怕的。

4. 這根木柴以後會不會
   找我報仇？

都是你害死我的
其它夥伴……

我等這一刻
等好久了！

悲傷的角

1. 我在河流上游撿到「殘缺的鹿角」。

鹿角根部

2. 不知為何整根脫落的鹿角※，又從根部附近折斷。

※ 鹿每年都會換角。

3. 很可能是這支角還在頭上時就折斷了。

4. 什麼事件會激烈到弄斷頭上的角？大概是「跟其他公鹿爭奪母鹿失敗」吧？

5. 我暗自為「牠」加油打氣，希望牠以後過得幸福。

這是「悔恨的結晶」啊……

本能

我看到這樣的景象。

一開始覺得是「植物在逆境中努力求生」，差點感動落淚。

但是仔細一想，這株植物其實也沒有「努力」什麼，只是「自然而然就變這樣」而已。

上面是這邊，

所以，

我就往這邊長。

「植物向性」的機制，真是不簡單啊！

說話的藝術

世界上有各行各業，我覺得每一行都有一套
「讓客人看不出公司出錯的話術」。

這邊的續航力
比較好喔！

餐點現做，
請耐心等候，
稍後為您送上。

我有更好的方法，
可以讓產品變得更好唷！

我比較嚮往當一個「讓客戶看不出我犯錯的專業插畫家」，
而不是「不會犯錯的專業插畫家」。

喔～您說那個題材呀！
那個啊，老人家都很喜歡呢！

我的字典裡，大概沒有「正確無誤」這個詞吧？

夥伴

小朋友把著布偶走路，
真的好可愛。

其實大人也可以一人把一隻布偶。

人世間可以減少一些紛爭吧？

丟臉

傘被風吹到開花，
覺得有點丟臉。

那個形狀、那種狀態、那麼
倒楣，急著想把傘拗回去的
窘樣……真是糗爆了。

我覺得可以納入刑罰之一。

罰你「在車站前
撐著開花的雨傘
半小時」！

有備無患

剛買新鞋、穿好鞋帶後，就會穿上亮晶晶的新鞋在家裡走來走去，這段過程真是令人雀躍呀！

或許⋯⋯可以在家裡常備一些「偶爾在家裡穿著走的新鞋」，就能隨時回味這種雀躍感？

對了⋯⋯這種時刻，就該在家裡穿上亮晶晶的新鞋。

花落誰家

有一家老店的立體招牌，
中間少了一個「羊」字。

店家位於海岸附近，可能
是被風吹走了吧？

我有點擔心……希望被
吹走的「羊」不要妨礙
到其他招牌才好。

殘酷的真相

前幾天我家水管堵塞，我想自己修，
於是經過一番調查之後，畫了一幅
「我家地下管線配置圖」。

到頭來，還是得叫師傅來處理。
師傅重新調查一遍，結果管線配
置跟我想像中完全不一樣。

想像　　　　現實

在得知真相之前所畫的「管線
配置圖」，簡直就像「古代人
想像中的世界結構」，這麼一
想變得可愛多了。

祝福

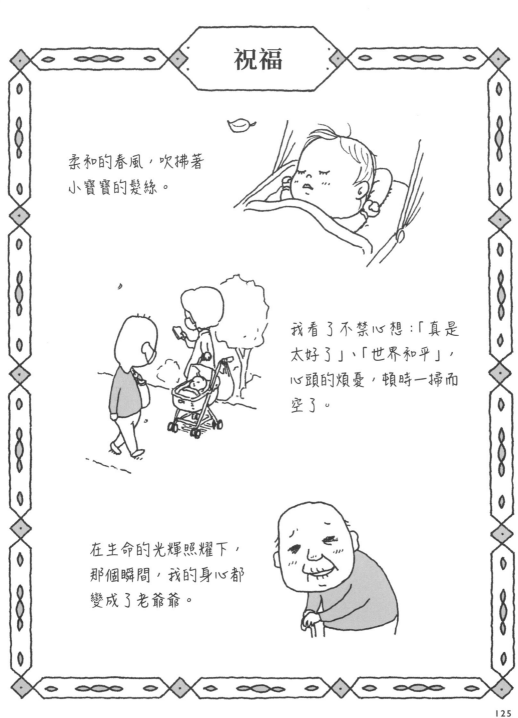

柔和的春風，吹拂著
小寶寶的髮絲。

我看了不禁心想：「真是
太好了」、「世界和平」，
心頭的煩憂，頓時一掃而
空了。

在生命的光輝照耀下，
那個瞬間，我的身心都
變成了老爺爺。

害羞

小朋友害羞的模樣
真可愛。

在那之後，我發覺自己
最近完全不會害羞。

上次害羞是什麼
時候呢……

如果用一句話定義「人生的充實度」，
是否就是「害羞經驗」的累積？

好舒服

我在美食廣場看到有小寶寶在享受桌面的光滑感。

如果大人也能學會放空，專心享受「觸感」帶來的樂趣就好了。

光滑
俱樂部

心領神會

小孩的表達能力真的很不好。

他說沒辦法！
什麼？

就是啊，
從這邊噠——過去啊！

但是，不只是小孩，人類基本上就是不善於表達。

人類之間紛爭不斷，會不會是因為「表達能力太差」呢？

嗯？懂了嗎？

完全明白！

我覺得高度發展的外星人，一定很善於表達（或是用某種高科技讓對方一聽就懂）。

翻譯

直到前幾天，我才知道以前那首
熟悉的西洋歌詞含意。

喔～原來是這意思啊！
原來是這種歌啊！

這個世界上，應該還有許多我們習以為常，
卻不明白含意的聲音。

沙沙沙沙沙～
（今天下午會下雨喔！）

啾啾
啾啾
啾啾啾
（你忘了帶手機了。）

無從選擇

店家說:「這隻魚的整個頭都可以吃,請務必好好享用!」我聽了之後壓力超大。

超大隻烤魚

「務必」……

我兒子

我吃
我吃
我吃吃吃

我就不敢吃這種東西啊……

啊!你沒有吃頭!這樣不行啦!

可是……

這種感覺,就像我拿企劃案給編輯看,還對她說:「這一篇從頭就很好笑,請務必大笑喔!」

容量

小朋友很不擅長「評估自己的身體狀況」。

快點睡覺！

我不想睡！

呼～～

你肚子不餓嗎？

嗯。

人家也想吃。

先去尿尿再上車！

尿不出來！

我想尿尿。

我本來以為這是「小孩人生經驗不足」的關係。

但其實，只是因為小孩的「身體太小」，所以很容易填滿，也很容易變空。

小孩的容量很小啦！

所以只能裝一點點情緒、食物和尿尿！

我的不滿

在百貨公司看到一個小孩在生氣，
因為他找不到想要的禮物。

這裡怎麼沒有賣
我喜歡的東西？

我心想，果然大家都一樣。

難道就沒有
我看上眼的
工作嗎？

能帶給我幸福的人
到底在哪兒？

難道就沒有更像樣
的主管嗎？

難道就沒有能滿足
我的娛樂嗎？

大家都因為找不到想要的東西而生氣。

從高處眺望

我喜歡從高處眺望風景。

我也喜歡高聳的建築物。我會暗自想像：從頂端往下看，能看見什麼東西呢？

我希望自己心中也有一座瞭望塔。

當我思考時、焦慮時、沮喪時、迷惘時……

有個能爬上去的地方，該有多好。

成長的順序

好啦好啦！
我知啦！

小孩稍微大了一點，態度就會囂張起來，惹得父母心浮氣躁。

臭小子……

做父母的會在心裡暗想：「現在還在靠父母養，嘴巴倒是挺囂張……」

仔細想想，人類都是先從「學會說話」開始成長。

好啦好啦！

好啦好啦！

首先語氣會變得像大人。

接著，身體與能力才會變成大人。

好啦～

怒

其實當事者並沒有故意囂張，只是先從能成長的部分開始發展而已。

不過，聽了還是會很煩就是了。

人數很重要

我在一家大型超市,看到警衛先生拜託店員支援某件事情。

他一邊帶隊,一邊對大家說……

那個啊……

只要湊齊四個人,什麼事都難不倒我們喔!

咦?什麼事都難不倒?不過……好像真的是這樣耶!

我好像知道了什麼世界級機密。

我真的好想知道,他們四個到底完成了什麼壯舉?

守護神

擺出手勢，看著指尖，

慢慢湊近眼前……

叮——

手指之間就會出現
一根香腸。

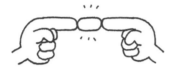

如果說，人人都有一個
只有自己能看見、保護
自己、引導自己、專屬
於自己的神……

手指稍微挪開，
就會浮在空中！

或許，這就是「專屬
於我的神明」。

下次我想跟祂
聊一下心事。

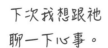

那個……
您能不能聽我
講一下心事？

我就在這裡呀

以前有個小朋友，喜歡對陌生人揮手。

她用小小的手對世界發出訊號，想告訴大家：我就在這裡。

她本人很滿意。

路人似乎對此也不反感。

多麼溫和友善的交流啊。

我希望，自己也能創作出類似的作品。

後記

各位覺得如何呢？像我這樣「奇想派」的人，從懂事的那一刻起，就喜歡在現實生活中添加一些註解的空間。

對於生活中的種種界線，其實並沒有劃分得很清楚。

奇想就像是某種緩衝材料，

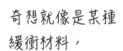

將適量的奇思幻想裹在身上，就能保護自己不受嚴苛的現實所傷。

反過來說，若是添加太多奇想，反而會使人遠離現實，看不清事情的真相。其實有好有壞啦！

嗶啵……

嗶啵……

嗶啵……

嗶啵……

「奇想就像是緩衝材料。」
這個比喻也算是一種奇想。

追根究柢，我人生中的第一個奇想是什麼呢？
我連這種事情都會想耶！

我是爸爸唷！

這種類型……還算常見啦，但他是誰啊……

看起來比媽媽弱，又很不機靈……

敵人？是敵人嗎？

既然開啟這個話題，當然就要提到
「人生最後的奇想」是什麼囉！

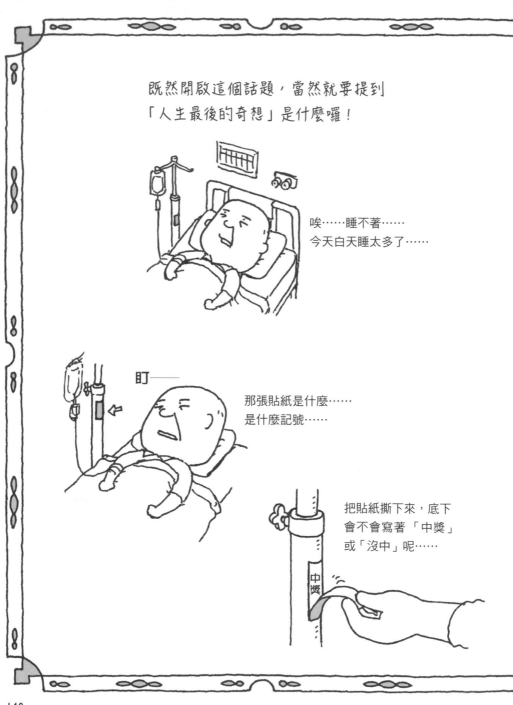

唉……睡不著……
今天白天睡太多了……

盯——

那張貼紙是什麼……
是什麼記號……

把貼紙撕下來，底下
會不會寫著「中獎」
或「沒中」呢……

中獎

如果「中獎」的話，能換
什麼獎品呢……該換什麼
獎品才好呢……

若是衝浪板的話就算了……
我才不要呢……

「壽命延長十年兌換券」
之類的……算了，好像
也挺麻煩的……

我想要那種小小的、握在
手裡能撫慰人心、又可愛
又酷的……該換什麼好
呢……

不對，或許貼紙底下不是
「中獎」也不是「沒中」……
那要寫些什麼，我看了才會
開心呢……

盯——

首次刊登處
‧〈日日奇想〉──《飛行教室》2016 年第 46 ～ 47、49 期；2017 年第 49 期～
　2022 年第 68 期（光村圖書）
‧〈說故事機器人美天能 -C〉和〈在大象上讀繪本〉的圓形插畫──《この本読
　んで！》2016 年第 60 期（一般財團法人　出版文化產業振興財團）
‧〈一生被扇貝夾了五次的男人〉」──《飛行教室》2015 年第 41 期（光村圖書）
‧〈爸爸〉的插畫──《飛行教室》2017 年第 49 期（光村圖書）
‧〈小孩〉的插畫──《飛行教室》2020 年第 60 期（光村圖書）
‧〈信件〉──《飛行教室》2014 年第 36 期（光村圖書）
此書為以上內容刪減編輯後集結成冊。

國家圖書館出版品預行編目資料

日日奇想：吉竹伸介的腦力激盪小劇場 /
吉竹伸介 文‧圖；林佩瑾 譯 .
-- 臺北市：三采文化股份有限公司，2023.12
　　面；　公分 . --（風格圖文）
譯自：日々臆測

ISBN 978-626-358-212-5（精裝）

861.59　　　　　　　　　　　112016763

suncolor 三采文化

風格圖文57

日日奇想 吉竹伸介的腦力激盪小劇場

作者｜吉竹伸介　譯者｜林佩瑾
兒編部 總編輯｜蔡依如　責任編輯｜吳侊紜　版權協理｜劉契妙　行銷統籌｜吳侊紜
美術主編｜藍秀婷　美術編輯｜曾雅綾　封面設計｜謝孃瑩

發行人｜張輝明　總編輯長｜曾雅青
發行所｜三采文化股份有限公司　地址｜台北市內湖區瑞光路 513 巷 33 號 8 樓
傳訊｜ TEL：（02）8797-1234　FAX：（02）8797-1688　網址｜ www.suncolor.com.tw
郵政劃撥｜帳號：14319060　戶名：三采文化股份有限公司
初版發行｜ 2023 年 12 月 8 日　定價｜ NT$500
　　2刷｜ 2024 年 3 月 5 日

HIBI OKUSOKU
Copyright © Shinsuke Yoshitake 2022
Chinese translation rights in complex characters arranged with
Mitsumura Tosho Publishing Co.,Ltd.
through Japan UNI Agency, Inc., Tokyo